KB068528

마음이 다니는 길

세 번째 이야기

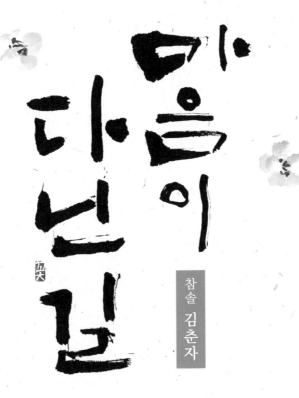

마음이 다니는 길

참솔 김춘자

세 번째 이야기

바른북스

하늘과 땅 말 없어도

스스로 봄을 머금었네

새들이 시를 권하고 뜻대로 시를 지으니

봄이 신들린 듯하네

(퇴계 이황의 '꽃구경' 일부)

하늘과 땅 말없어도 스스로 봄을 머금었네 새들 이지를 전하고 뜻대로 시를 지으니

붓에 산들 펼쳐 하네 이 황홀함 속에서 깊건 봄날 창솔 김춘자

김춘자 시인의 시집 『마음이 다닌 길』
제3집을 축하하며

김춘자 시인의 시 세계는 언제나 독자의 마음을 사로잡아
왔습니다.
삶의 뒤란에 맑은 바람이 꽃잎에 머물듯 봄날의 언덕을 오
르다 문득 그리운 이야기가 있다면 설렘일 것입니다.

정적인 듯 동하고 동적인 듯 정으로 향하는 독특한 매력을
가지고 있는 김춘자 시인의 시맥은 이번에 발간되는 『마음
이 다닌 길』 제3 시집이 특히 그러한 매력을 한층 더 깊이
느낄 수 있을 것입니다.

한국적인 고유의 정서와 서예학이 어우러진 고풍 속에, 그

깊이를 더하며, 바람 부는 날에는 바람 부는 소리에서, 비가 내리는 날에는 빗소리에서, 우리가 살아가는 모습들과 애틋한 삶의 흔적이 실바람 사이를 채우는 일, 어느 날의 일상들이 볕 좋은 날, 바스락거리며 부서져 내리는 기억의 물살로 자리하는 것입니다.

이 시집은 자연, 인생, 꿈, 가족, 추억과 마음이라는 여섯 가지 주제로 나누어져 있으며, 주제마다 인간의 고뇌와 깊은 사랑, 그리고 희망을 담아내어 진한 감동을 선사하며, 시 한 구절 한 구절마다 깃든 인간의 삶에 대한 깊은 통찰력과 애정은 마치 화폭 위에 그려진 그림처럼 생생하게 가슴에 와닿는 것입니다.

병풍에 그려있던 난초가 꽃 피는 달
미루나무 잎이 바람에 흔들리듯
그렇게 사람을 사랑하고 싶은 달
오월이다

– 황금찬 시인의 시 「오월의 노래」 중에서

황금찬 시인의 시와 같이, 김춘자 시인이 걸어가는 길에는 그녀의 마음이 자연 속에서 느끼는 삶의 경이로움, 인생의 여정에서 마주하는 고뇌와 성찰, 꿈을 통해 펼쳐지는 무한한 가능성, 가족과 함께 나누는 따뜻한 사랑, 추억 속에 남아 있는 아름다운 순간들, 그리고 마음속에 자리 잡은 순수한 희망. 이 모든 게 김춘자 시인의 손끝에서 시로 피어나고 있는 것입니다.

밭고랑에 씨앗 묻듯이
우리 칠 남매는 부모님의 자식으로 눈을 떴다
막걸리와 땀이 빈 지갑 채우고
풀물 묻은 아버지 고쟁이 무릎까지 젖어
이슬이 숨을 뱉어낼 때
칠 남매 자라는 소리는
누에 밥 먹는 소리였다

– 김춘자 시인의 「부모님」 중에서

『마음이 다닌 길』 제3집은 김춘자 시인의 시적 여정의 결

정체로, 그녀의 시를 사랑하는 그대에게 큰 기쁨과 위로를 안겨줄 것입니다. 마음 깊은 곳에 잠들어 있던 감정들을 일깨우고, 삶의 소중한 가치를 다시금 되새기게 할 것입니다.

그대가 걸어가는 인생길 위에서
『마음이 다닌 길』 시집을 감상하며, 김춘자 시인과 함께 마음의 길을 따라가 보시길 바랍니다. 그 길 끝에서 만나는 따뜻한 감동과 희망이 가슴속에 긴 여운을 남기게 될 것입니다.

문학박사 가영/김옥자

겨울에서 봄이 왔다.

추위와 찬 바람은 긴 날의 터널 안에서 눈뜨고 있었다.

여름은 무성하고

세상에서 열매란 이름의 축복 속에

겨울이 올 것을 알아야 했다.

삶의 죽음 안에 숨겨져 있는 희망찬 비밀을 계절 안에서

공부하는 중이다.

쇠락(衰落)을 얕보지 마라.

씨앗을 품은 겨울은 그렇게 일어선다.

매화 가지에 바람이 넘어지고

꽁꽁 언 매화는 꽃이 되어 향기를 나눈다.

꽃을 준비하는 시간은 길어도

오래지 않아 꽃잎은 휘날린다.

그래서 삶은 살아도 그리움이 깊다.

사계절을 쉼 없이 만나는 삶의 언덕이다.

자연과 다르지 않은 우리의 삶은 일어서며 무너지기도 하고 꽃을 피우고 열매를 맺는다. 내 안의 길을 찾아가는 나그네 망태에 다 피지 못한 꿈들이 있을 것이라 여겨본다. 시 몇 줄로 그림 몇 점으로 마음이 다닌 길이 내 길인가 들여다본다. 완성되지 못한 마음의 언덕을 오르내리며 삶의 차를 마신다.

  올봄, 사월의 산과 들이 온통 꽃밭으로 피어나는 날에 아버지는 멀고 먼 길을 혼자 가셨다. 벚꽃의 꽃비 속에 육신이 떠난 막막함 앞에도 봄은 찬란하였다. 칠 남매의 배웅 속에 길 떠난 아버지는 지금쯤 어디에 계실까.

  출판을 도와주신 바른북스 김병호 편집장님, 김재영 편집자님, 시 세계의 끊임없는 영감을 도와주신 문학광장 김옥자 대표님, 그림을 도와주신 은당 이경자 박사님과 글씨 예나 정복동 박사님, 제일 먼저 독자가 되어준 이윤희 씨, 가족의 응원에 감사의 인사를 올린다.

참솔 김춘자 올림

매화 가지에 바람이 넘어지고

꽁꽁 언 매화는 꽃이 되어 향기를 나눈다

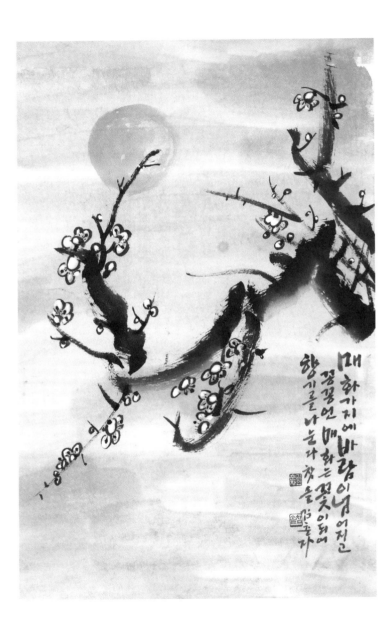

매화가지에 바람이 넘어지고
꽁꽁언 매화는 꽃잎이되어
향기를 나눈다 찾을지자

차례

인 생

자 연

보리밭에 부는 바람

누렇게 익은 보리
허리 가냘픈 엄마가 안아 주고
누렇게 여문 보리
아버지 지게로 업어 달래고
유년 보리밥 도시락이 달았던 이야기
흰 구름 달려와 소식 펼친다

보리밭 바람에 묻어오는
어머니 목소리
보리밭 지게에 일어서는
아버지 땀 내음
고향생각 버무려져 보리밥집 찾으니
된장 한 수저 뜨는 보리밥에 눈물방울 비빈다

바람의 언어

삼월 기운이 발밑에서 오물거릴 때
디딜까 말까
돌아갈까 건너뛸까
땅속에서 배내옷 입고 실눈 뜨고 있겠네

바람은 손 내밀고
땅만 보지 말라 한다
가지 속 보이지 않는 푸르른 웃음도,
땅속 얼굴 내미는 새싹들의 눈꺼풀을
바람이 열어주겠지
삼월 바람,
올해도 왔네

바람과 수만 가지 이야기 주고받는
말하지 않아도 서로 통하는 사이
구름 물고 온 골짜기에서
목도리 벗어버린 흰 목선 싸하기도 하고

바싹 마른 나뭇가지 뿌리 흔들고 기차처럼 빠르게 달리고
있구나
그 마음 아직 익히지 못했는데
바람이 풀어주는 끝없는 이야기
바람이 있어서 삼월도 알아가고
사월도 만나고
십일월도 십이월도 준비하지
바람에게 열어 보이는 알 수 없는 마음의 길
바람 따라가는 길

아카시아꽃[*]

척박한 땅 버려진 곳
뿌리 뻗어 고단한 한 몸
허리 하얘질 때까지

옆집 앞집 뒷집 이웃 만들어
소리 소문 없이 자식 키워내고
수건 동여매고 흘린 땀방울
물 되어 거름 되어
햇살은 굽어보고 구름은 달래주고

주렁주렁 하얀 우윳빛 다복한 꽃송이
달달하고 달콤하여
잔칫집 사방이 대문 없는 아카시아 간판거리
새들의 고향쉼터
배고픈 벌들 행군

---

* 원래 아카시아꽃 학명은 콩과에 속하는 아카시꽃임

눈치 안 보고 배불리며 북 치며 장구 치고

몸 작은 하얀 나비

행복 달아 마실 다니고

바람 없이도 넘치는 향기

바람 불면 그네 타고 온몸 흔드는 율동

발걸음 멈추어

이웃들과 담아도 넘치는 향기

고운 향기 근원 찾아가 보는

하늘 쳐다보게 하는 꽃

동백의 한숨

간밤 바람 소리에 몸을 떨었다
피지 못한 봉우리 서너 개

쏟아지는 눈으로 맞이한 아침
동백으로 피어보려는 아기입술 닮은 송이들
나뭇가지에 새집 지어
새색시 꽃단장할 발그레할 붉은 송이에
염치없는 눈이 쌓이고 덮였다
내리고
또
내리고

동백의 깊은 한숨
무거워진 몸 위로
펌프질 바쁜
노란 꽃술 심장의 외침이 거칠다
햇살은 듣고 있을까

햇살은 알고 있을까

기도로 두꺼워진 푸른 잎의 함성까지

청포도

포도밭 사이 하얀 나비 꿈,
이 안에서 부풀었겠다
주인마음 포도밭에 불 켜지는 날
나비처럼 설레는 기도였겠네

한 송이 두 송이 축하 가득한 포도밭
포도밭 아침은 새들 하모니에 청포도빛 풀어내면
사랑 담아 툭툭 청포도 익겠네
뜨거움이 열렬한 데
심술궂은 소나기
먹구름까지 불러모아
한 알 한 알 버무려진 포도의 내밀한 정조

새콤달콤 사르르
햇볕 속 땀방울,
뭇 바람 스쳐 간 침묵 담은 청포도 시련
입안 가득한 푸르름

청포도 한 알

폭염 속 능소화

한 번 피어나리라
한 번 고백하리라
땀방울로 열기 품어 뜨겁게 달아오른 마음
그 마음 숨기다 피어버렸어
사랑 굿으로 빙글뱅글
가족을 이루리라
한 자락 펼치니
별밤 아이들 술래 잡다 간 자리
툭툭 꽃망울 밝히는 소리들
불볕더위 끄집어
꽃잎으로 열어내는 황홀의 외출
어느 화단인들 못 필까
어느 벽인들 피어나지 못할까
그대들 못 알아볼까
주황빛의 까르르 웃음 해맑은 나의 순정
나보며 일어나요
나처럼 피어봐요

호사스런 봄날

멸치 육수에
된장 한 수저 풀어
쪽파 숭숭, 달래 넣고 쑥국 끓이니
온 봄이 모여 있구나

푸른 보리밭 숨결이 똑딱거리고
툇마루 봄햇살 암팡지게 달려오면
앞산 가득한 진달래도
논두렁에 핀 부끄럼 숨긴 복숭아꽃에게도
내 봄앓이 들켜버렸네
쓰디쓴 입안에 쑥국 한 수저 훌훌 넘기며
그래, 나도 너희들과 함께 놀면 되겠구나

벼

누런 벼가 펼쳐진다
까칠하고 까끌한 벼 이삭 손안에 비벼본다
잘 살아가고 싶은데,
잘 익어가고 싶은데

아침 수저 놓기 바쁜 잠자리 들판이 바쁘다
목화 구름도
허수아비도 막걸리 한 잔에 입이 벌어진다
논두렁 여물어 가는 풋콩이 땀으로 익어갈 때까지
밭두렁 들깨 땀으로 여물어질 때까지
가을 햇살은 밤낮이 없다

먼 곳에 계신 할아버지 할머니 나의 어머니
날마다 씨줄로 날줄로 엮어낼 삶이 버거웠던 나의 조상들
멀고 먼 내 육신의 주소를 찾아가 한 줌 벼를 올리니
햇살이 덥석 손을 잡는다

누렇게 엮어진 나락단에서 비릿하고 구수한 내음
이 안에 어떤 마음이 살아 열매로 익어왔을까
아직도 자라지 못한 마음,
햇살이 덥석 손을 잡는다

갯바위에 앉아

수억 년 된 바람이 갯바위에 앉았다

제주 금능해변에 구멍 숭숭 난 늙은 갯바위

타고난 바위색깔 검은데

온기 느껴지는 바위에 파도가 풀썩

돌아서다 만 바람 다시 엉덩방아 찧고

파도와 한바탕 씨름하네

햇살 아른대는 바닷물에 멱감는 아이들 꿈 기르는 소리,

미역 장난에 발가락이 웃네

바닷모래 수놓은 인파에도

바쁜 인사 나누는 바다

햇살 말끔하게 치워놓은 바닷가에

먹구름 분탕 쳐도

갯바위에겐 넉넉한 이야기

파도가 울부짖는 먼 소리도 철석

아이들 소리도 찰방

조개들과 노닐던 영혼 내려놓고

갯바위에 앉았다 일어서는 햇살도

곰곰 실어오는 파도소리와 살아가는

갯바위 이야기

소로[*]의 월든

숭고한 사람의 삶을 들여다보는 일은
나를 만나는 일인지도 모르겠다

월든 호수 생각을 입고
돌 깔린 기슭이며
그 위를 스쳐 지나가는 산들바람을
소로에게 전한다

호수의 가장 깊은 곳에
소로가 머물던 생각을
더듬어 볼 뿐이다

얽매임이 없는 자연을 닮아가라
지금
여기

---

[*] 소로: 『월든』의 작가, 헨리 데이비드 소로(Henry David Thoreau, 1887), 미국
   철학자, 시인, 수필가

새싹 내미는 나뭇가지

거울,
새싹 품은 나뭇가지
고개 내밀까 말까
바람이 전하는 말
고개 내밀까 말까
자궁문 열리네

푸르른 몸부림 맑은 속살
어린 몸 내밀며
실눈 비빈 날
낮은 숨소리
바람 입김 돋우는
새싹의 호흡
좀좀이 식구 키워가는 나뭇가지
따스운 햇살 문 열어도
문단속하는
엄마 나뭇가지

자연공부

구부러지고 단정한 모양으로 교장선생님 닮은 향나무

백 년 넘게 그 자리서 자신을 돌본다

화단마다 나래 밝힌 진달래, 튤립, 산의 풀꽃

구경 온 우리를 보고 웃으며 쉿 한다

노랑 빨강 하양 분홍 보라의 잔칫집에 우리 23명은 학생이다

가만 들어 보니

노란 꽃 튤립,

분홍 꽃잎이 우릴 가르친다

사는 색깔로 모양으로 새로운 말로

웃음,

행복

꽃이 말을 한다

웃음,

행복

꽃의 말을 따라 한다

꽃잎 꽃받침 암술 수술 씨방의

조용한 눈짓 속에 페이지가 넘어간다

꿀 쌓인 향기

함께

하며 말을 건넨다

함께하며 향기 나눈다

들여다보고

바라보고

웃어보고

다 알아듣지 못하는 자연공부

춘삼월

겨울 언저리에
봄은 여러 번 넘어졌다
가을은 가지들 자리에 꽃눈 찍더니
바람 불 때마다 손이 시렸다
춘삼월을 봄이라 하나
겨울은 마른 잎을 굴리며
차라리 겨울 편이었다
태양이 햇살을 도닥도닥 몰아도
창가에 걸린 싸늘한 가지
애써 소식을 전한다
내일은 쑥부쟁이 싹 난다고
늦지 않게 마중하란다
그러고 보니
나도 춘삼월 싹 튼 씨앗이었다

이토록 고운 사월에

노란 언덕배기 이불 덮고 잠깐 눈 붙이는 일곱 살 소녀
분홍 꽃구두 신고
초록 바바리 주머니에
꽃망울 터질듯한 꿈들 들락거리며
벚꽃에 취한 눈꺼풀
구름 장난에 깨어나는 봄날

꿈속과 다르지 않은 사월
빨간 꽃가방에 수많은 하트 편지 담아주고 날아다니는 나비
사과꽃 배꽃밭으로 놀러 오란다
오색이 모자라도록 꽃피움 더하는 사월에
보리밭은 불러오는 배를 바람결에 내민다
나뭇가지 꽃보다 어여쁜 새싹
이슬비 닮은 맑은 눈동자 깨어나는 고요

낮이면 봄햇살이 가르치고
밤이면 달빛 이야기 키우며

나에게도 한 소절 받아 적으란다
새의 날갯짓
산과 들 속에
행복한 마음 부끄러움 물들고

사월은 산과 들의 아름다운 교과서
마음의 밭골에 꽃향기 스며들면
이토록 고운 사월은,
꽃길 걸으라는 선생님이다

매화차

매화 향 어때요
꽃망울 향인가요 꽃잎 향인가요

갖은 시집살이 풍파 헤쳐 나와
그래서 맑게 우러나는 차향
꽃차 한 모금으로 몸을 데우고
봄날에도 다 가져오지 못한
그리움을 마신다
뿌리에서 가지로
겨우내 퍼 올린 사랑
눈 속에서
비바람 속에서 꽃망울 퍼뜨리고
남은 사랑마저 차향으로 몸을 바꾸었다
잠은 잘 자는지
손발은 따뜻한지
소화는 잘되는지를 물어 온다
꽃차 마시며 매화동산 거닐다

다시 새겨지는 사유

목을 타고 온몸으로 전해지는 삶을 나눈다, 매화차

인 생

우수雨水*에서 오는 편지

겨울은 춥고 시렸다
하얀 눈이 사방 꽃 피워도
천길 물속이다

얼음꽃이 더운 하품할 때
입춘은 신발 벗고
나무의 집, 꽃의 집을 오가며
씨방의 열쇠를 열고 닫았다

찬비 내리고
땅은 얼기도, 녹기도 하더니
찬비 내리고
씨눈들은 빼꼼 자주 문을 열었다

---

* 우수(雨水): 24절기 중 하나에 속하는 절기로 입춘 15일 후인 매년 2월 19일
을 기준으로 함. 입춘과 함께 겨울의 마무리와 봄의 시작을 알리는 절기

나무들도 회색 빗자루로 부루루 겨울 몸을 틀고

어머님도,

시어머니도,

옆집 할머니도 한번 가더니 거짓말처럼 다시 오지 않았다

봄 준비하는 겨울비 내리고

사람은 가고

계절은 온다

먼 산 너머 가물가물 빛이 봄소식을 귀띔하였다

위풍당당 장닭[*]

시골 밤 장닭이 홰를 친다
몰려오는 바람이 항의해도
우렁찬 소리는 마을을 돌아 지붕 위에서 울음을 삼킨다
아버지는 닭을 키우셨다
소를 키우다 힘을 접었다
그 집에 염소가 살더니,
그다음 닭장집이 되었다

장닭의 날개 속에 아버지 젊음이 달아올랐다
장닭도 한때
스무 명 자식을 거느렸다
그들이 마당에서 앞밭으로 행차할 때
햇살 밝은 마당에서 아버지 담배연기는
아침밥상이 분주한 옛날을 읽었다
손 바쁜 엄마는 희망을 나르고

_* 장닭: 수탉의 경상도 사투리

3대가 아침상을 마주하던 아버지의 젊음도 담배연기다

다 자란 닭들은 닭장수가 가져갔다
장닭 십삼 년은 아버지 울타리가 되고
과거 앞에 두꺼워진 붉은 벼슬이 토해내는 곡소리가
아버지 마음을 드나들고 있었다
깊은숨을 몰아 홰를 치고 꼬끼오를 불러대면
팔려간 닭들이 함께 돌아오고,
아버지 담배연기도 자식들을 불러모았다

겨울냉이

시린 겨울밤 형제들이 댕겨 덮는
이불 속에서 자랐다
2월 냉이의 겨우살이는
마루 걸레색을 닮았다
언 땅에 햇살 댕겨오고
후줄근한 얼굴
땅속에 묻은 채 눈만 떴다
텃밭 양지 녘에 실눈 뜨고
세상을 알아갔다
닭들 행차에 목 쪼이고
킁킁 개 짖는 소리에 화들짝 놀라고
아이들 함성에 몸을 불려나갔다

2월 냉이가
추위에 보라색 얼굴 내밀 적에
호미 들고 살살 덤비면
하얀 긴 몸이 온 살을 쑤욱 드러내었다

영락없는 즐거움이 바구니에 쌓이면
부뚜막에 얹어 두었다
2월 냉이는 속살을 키워 달콤씁쌀했다

겨울 땅속에 얼굴 파묻어
얼고 녹기를 반복하는 냉이
인생도 보이지 않는 아픔을
얼고 녹이는 동안
우리들은 일어나고 있었다
삶은 보이지 않는 아픔을 이불에 덮고
그렇게 일어서고 있었다

억새

하늘거리는 꽃으로
피고 싶었어
고운 꽃잎으로
어여쁜 색이고 싶었어
사람 다니는 길목에서
눈길 마주하고 싶었어

그래도 날 찾아와
두고 간 이야기
두 손 깍지 끼고
눈길 마주하는 모습 잊지 않을게
저기 가는 등 굽은 부부
두런두런 나눈 얘기
내년도 약속할 수 있겠지

남들 꽃단장일 때
후줄근한 모습

은빛 날개 펄럭이며

철들고 싶어

바람 불어 넘어져 보이지

바람 불어 흔들려 보이지

자식

구부정한 노인
햇살 받으며 졸고 있네
정이월 이른 품에 눈보라와 맞서더니
휘리릭 세월 한소쿰

목화 꽃구름이 지켜보니
감나무 홍시 몇 알 까치밥으로 익어가네
가슴에 담아 둔 일곱 자식의 이름,
그 이름 이고 지고
허기진 채 밝혀온 시간들

멍석 펴고 고추 말리는
겉거죽이 앙상한 노인
한 분은 가시고 한 분은 남아
가을 햇살이 동무하는구나

세월 속속,

켜켜이 쌓여진 시간에

남아진 옹이

자식을 열매라고 할 수 있을까

가을 반쯤

태양이 오늘도 눈부시다
나뭇잎 햇살 아래 여물고
바람 살랑이니
이 자리에 서고 싶다

태양이 오늘도 눈부시다
모과 익어 가며
바람에 안기고
그 구름 불러 머물고 싶다

태양이 오늘도 눈부시다
색색 고운 빛에
살아 낸 가을 열매 맘껏 보고 싶다

여물지 못한 쭉정이
쭈그러진 마음 몇 알

가을 햇살에 전하지 못한 말
가을 반쯤 지나온 자리

숲속의 이불

뒤돌아본 길
비바람 속에
알지 못하는 숲 헤치고
길이 나고
길이 되었다

가 보지 못한 곳의 그리움은 마음의 샘물인 체
걸어온 길,
이 세상 소풍 오던 날
어머니가 뛰어놀라 하던
알 수 없는 길을 걸어왔다

나무는 자라
껍질이 새겨지고
잎사귀는 자라 후두둑거리며 소나기 덮어 주는 길
마른 잎 우거진 역
인생의 겨울이 되는 날

우린 숲속의 이불이다

휘어진 허리

그는 죽지 않았다
허리가 휘어졌을 뿐
살아난 거친 호흡
나무는 가지를 키우고
사람은 싹을 낸다
남들 무성할 때
반 토막 몸으로 으르렁거리는 울음
산고랑도 함께 흐느낌이었다
산새 날다 멈칫거리고
놀란 개구리 뒷발 멈추고
떡갈나무도 물 한 바가지 거든다

바람 휘몰아치는 밤
그는 휘어진 몸으로 붉은 피를 감싸며
새벽을 기도처럼 살아냈다
꺾어지고 휘어진 허리 위로
새 가지가 솟아났다

새의 가족들 그네 타며 새잎 키우더니

물소리 모여 어깨춤 퍼오고

사람들은 예술이라 말한다

사람들은 기적이라 말한다

죽지 않고 살아가는 생명의 선은

안으로 춤사위 만들고

겉으로 일어나는 곡선의 삶을 물고 있었다

조선의 어린 소녀들[*]

내 나이가 16살,
창가로 달이 밝은데,
옆집 언니와 일본군이 우리를 앞세우고
알지 못하는 곳으로 붙들어 갔다

나의 할 일은 '일본군 위안부'란 이름
그들이 안전하게 전쟁을 하도록 나의 성을 바치는 일
일본군 성 노예 활동을 위해
중국 다롄에서 일본군 배를 탔다
그 배에는 군인 300명에 조선소녀 5명
화장실에서 일어서는데
군인들이 줄을 서고 있었다
나는 짓밟혀 울고
조선의 치맛자락과 옷고름에 성이 울고 고름이 쏟아졌다
엄마를 소리쳐 불러도

[*] 위안부 이○수 할머니 드라마를 보며

피눈물은 이불이 되었다

무수한 군홧발에 내가 짓밟히는 소리,

욕정의 함정 속에

거부는 전기고문으로 다가왔다

피가 흘러도 줄이 이어졌다

나의 부끄러움은 사치였다

다닥다닥 칸막이가 쳐진 방에 담요 한 장,

죽을 수 있는 일은 행운이었다

일본군인을 위해 내 몸을 바친다면

내 순결이 일본군에게 초콜릿이 된다면

대한민국 무궁화가 더 피어날까,

세월이 흘러 고향을 왔지만

내가 겪은 일을 말하지 못했다

부모님이 돌아가신 후 산소를 찾아 처음 입을 열었다

"엄마, 아부지

배 타고 기차 타고 갔는데 거기 군인들이 많았어요"

친구한테도, 부모님한테

말하지 못하는 내 안의 비명

나는 아직 열여섯 소녀다

고독

어느 만큼 가야 나를 만날까
어느 만큼 가야 내가 보일까
혼자 가는 길
마을 지나
담 돌아
내를 건너
길 들어서면
햇살 만날까
샛길 귓속말은 바람길일까
생명의 초대장 찾아가는 길
종착역이어도 종착역 없는 길

넘어지고 일어서며

동두천 자연휴양림에 들어오니 물소리 맑다
물길을 걸으니 내 미소도 물길 속 계곡물이다
숨긴 웃음이 온몸으로 날고
두 다리 사이에 계곡물이 닿고
돌 사이를 걸으며 조심조심,
미끄럽다 싶더니 꽈당

폭포수 흐르고
산들바람 불어오고
넘어짐과 왼팔이 엎질러졌다
통증이 불을 켜고 활활 타올랐다
이끼 낀 바위를 걸어,
팔이 조금 엎질러진 거라 둘러대고
가족과 점심과 저녁을 했다
손목 골절이 두 개인 진단에 깁스를 하였다

무수히 넘어지는 삶 속에

일어섬에 대하여

넘어지는 순간의 지난 시간 속을 들여다보았다

실패,

실수,

놓침,

좌절,

잃어버린 날들의 통증이 널브러져 있었다

남들의 무너진 삶도 내 삶 속에 뒹굴고 있었다

뼈가 부러져 살을 헤집었다

뼈와 살과 근육과 신경은

어우러지고 보듬어지는 시간에

마음만 바쁜 걸음걸이였다

삶을 뒤돌아보는 공간

나를 마주하였다

작게 부러진 뼈가 자리 잡을 때까지

온몸과 마음은 손목의 상처를 돌보고 있었다

동물과 식물은 넘어지고 일어선다

사람도 넘어지고 일어선다

달콤한 인생

파주 출판 마을,
바닥에서 천장까지
책들이 빼꼼이 맞아주네
수없이 손을 맞잡고
숲속 나무가 책이 되어 고물고물 나를 끄는 사이
나도 새집으로 이사하면
우리 집 책들과 살아가는 생각을 하고
그곳에서 아이스크림을 먹었어
책의 숲속에서 노래하는 시어들의 행군 속에
인생이 달콤하면 안 되는 줄 알았어

젤라토
라테
피스타치오
바나나
얼그레이
달콤하고

부드럽고

짭쪼롬하고

고소한 향기 속에

인생은 달콤하면 안 되는 줄 알았어

5월 바람을 머었어

황희 정승의 너도 옳고 나도 옳고를 수저로 저어가며

하얗게 핀 수국도 한 스푼

부드러운 만남의 우정도 한 스푼

내 길을 열어갈 경전의 우물도 한 스푼

인생이 달콤하면 안 되는 줄 알았어

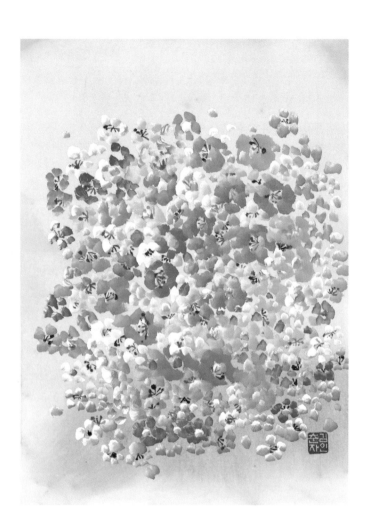

첫걸음

일어서다 넘어지다
내 기억의 먼 친척
널 가진 후 그 엄마는
핏덩이 안고 천지신명께 매달렸다
큰 빽이었다
후처하고도 후처인 그 엄마는
'건강하게 자라야 한다고,
씩씩하게 자라게 해달라'고
온 마음으로 천지신명께 빌었다

일어서다 넘어지다
한 발자국 내딛는 걸음
인생의 첫발
'걸었다, 걸었어'
손뼉 치던 그 엄마
우리 아기 잘되라 하늘에 빌어주던 엄마마음,
넌 모르지

살아보다 지쳐 하늘 보고 눈물짓던 날
살아가다 넘어져 하늘 보고 눈물 닦던 날

처음 걸을 때는 삼천 번도 더 넘어졌어
힘든 줄 모르고
온몸으로 일어섰어
온몸과 온 마음이 하나였어
첫걸음 인생 발자국 떼는 처음의 시작,
무수한 발자국
이제 엄마마저 하늘이 되어 응원하는 소리,
'걸었다, 걸었어'
엄마의 하늘 음성

바람 불고 비 올 때

바람 불고 비 올 때 우산은 당치도 않았다
여학교 때 비바람 속 방천길을 가는데
우산이 뒤집혀 날아갈 것 같았다
흔들리는 우산을 바로 잡으며 우산에 의지했다
신발이 젖고 교복도 가방도 몸부림치는 날
무지
비바람이 세게 친 날이 있었다

어른이 되고 아기 키우는 날도
바람 불고 비 올 때 우산은 당치도 않았다
바람에 날리는 우산을 다잡는 마음으로,
우산처럼 의지했다
그 안에서 작은 길이 나오리라 믿어 보았다
살면서 내가 받은 바람과 비가
나에게만 있는 게 아니라는 걸 보았다
내가 받은 비바람은 햇볕에 비하면 당치 않은 양이었다
내가 만난 비바람은 다음 준비 걸음에 손잡아 주었다

햇살 아래 쉬어 갈 때

바람의 향기를 알아 갈 때

고독한 마음

외로워하지 않아도 되는 깨달아짐을 안을 때 나무로 자랐다

내 지갑에 든 시간은 얇아지고

날 보내 주신 분께 기도한다

그러지 마라[*]

아이들 함부로 야단치지 마라

알량한 마음 잣대로 그러지 마라

일어서다 넘어지며 꽃 피는 삶이다

네 잣대는 너에게만 필요하다

꽃밭의 꽃들은 제 몫을 하더라

어제 피지 못한 꽃송이가 오늘은 꽃잎 열고 있더라,

그러지 마라

꽃들에게 흙이 있듯이

곁에 있는 것으로

거름이 되거라

못나 보여도

그 안은 보석으로 오물거린다

네 눈에 안 보일 뿐이다

네가 못 볼 뿐이다

---

[*] 이황의 자녀 교육법을 담은 「훈몽」 시 중의 한 구절인 "대찬승달초(大讚勝撻楚)": 아이를 때리는 것, 신체를 가격하거나 험한 말로 마음을 때리는 것은 아이 안의 신성을 멍들게 하는 것이라 함.

그러지 마라
함부로 야단치지 마라
그 아이가 겨울일 때
네가 봄일 수 있다
아이를 야단치고 싶을 때
네 허물을 공부해라

꿈

등대가 보여

계절이 오고 가는 등대
길로 이어진다
아침은 나아가고
저녁은 돌아오고
새벽은 꿈을 알아가고
종일 고기 잡으며 푸른 고래도 삼키다가
등대는 가족의 숨결,
세월에 다져진 빛바랜 흔적 하얀 등대,
기도의 두 손 나이가 없다

2월 겨울 씻는 아침 바다에
갈매기 춤 나른다
희망 키우는 날개
바닷길 암초에도
수평선 열리는 바다의 24시간 불 밝히는 기도
아버지 기다리는 가족의 노래,
생명의 하얀빛

통통배도 원양선에게도
산 같은 파도가 울어도
천년의 등대
'꼭 한곳으로 돌아오라는 약속'
별빛이 등대에 앉으면
달빛은 품어주는 고요 속에
저 먼 곳에서도 지켜주는
깜빡이는 꽃등

2024년 해맞이

해야 해야 솟아라

높이 솟아라

청룡으로 태어난 해

높이 밝아서

봄날이면 할미꽃 목덜미 솜털까지 비추고

태어날 새 아가 발톱 여물어질 때까지

하늘 문 열어 두 팔 벌려주는 해야

햇살 안에 꿈꾸는 마음

해 돋는 아침 뻗어나가는 빛 나래,

하루가 내 것으로 오게

하루가 우리 것으로 담기게

청룡의 다가오는 숨소리,

그렇게 닮아가고 싶구나

찢어지고

갈라지고

헐벗은 시간이 없을까

하늘 쳐다보고 마음 다잡는

푸른 용기 담는 해,

해야 밝은 해야

우리 마음 햇살로 빚어내어

마음 한 걸음

발길 한 걸음

우리 가슴속까지 스며든 해야

함께하는 2024년

온 누리의 빛과 스승으로 떠 있는 해야

청룡의 해만으로 감사와 축하를 보낼게

갑진년 새해 아침

육십 간지 41번째 푸른 용이 새날을 주었다
태양 향한 새해 아침
동서남북을 향해
"만나서 반가워요"
"푸른 용의 기세로 살아 낼게요, 감사해요"

온몸
온 마음이
안녕의 맑음
주머니에도 신발에도
소나무에 걸린 태양 아침을 업고
까치도 산을 깨운다
눈 속 나뭇가지도
땅속 미물도
내 안에서 자라지 못한 언어도 새해 아침

새해 아침 푸른 용의 기상

손으로 발로 마음으로

365일 한 해로 살아

용의 눈 그려 볼게

꽃집의 겨울 장미

꽃잎 겹겹 찬 바람 소복한데
눈결 더 고운 장미 앞에서
눈빛 맑은 장미와 인사가 되었다
꽃잎 저 안에
언어들이 줄 서고 있었다
"첫 돌 축하해"
"곧 결혼식이지,
어두운 마음도 피어날 수 있어"
"이사하면 나아질 거야"

꽃잎 한 장 한 장 열어 보이는 장미 향이 내 지갑 속에서
소곤대었다
방금 한 잎 핀 꽃송이
보지 못한 사이 나를 살피고 있었다
춥고 시린 발로 피어
뒤돌아보지 않는 장미는 지금 환했다

옛 신부님 강론이 떠올랐다

"우린 장미 한 송이도 만들 수 없다"고

장미꽃에 열리는 마음 품은 채

황홀한 나는 부풀어 있었다

한강의 다리들

한강의 다리는 우리들
한강의 다리는 가난
한강의 다리는 우리의 역사
한강의 다리는 한 많고 꿈 많은 우리 혼이 되어 주었다
한강 다리의 시작은 1900년부터 시작되었다
1965년 처음 우리의 한강대교가 만들어졌다
지금의 양화대교다
춥고 배고픈 아우성으로 일으킨 함성의 자리
강북과 강남을 달려 주었다
헐벗은 대한민국 한강은 열두 폭 치맛자락 감싸는 어머니다

태양이 빛나고
들리지도 않는 우리 소리가
다리 하나로
다리 둘이 되더니,
다리 열 개의 눈부심에,
눈감아졌다

스무 개가 손잡더니
아아 하는 사이 세계 속의 한강 다리는 서른 개가 넘어섰다

한강 물이 넘실거리며 우리를 품으면
어디 내 노래만인가,
우리 함께 푸르른 강물이지
잠수교 걸으면 햇살도 걷는다
저 물꼬*는
태백산 서사면

한강을 잇는 다리에
대한민국이 세계를 잇는다
튼튼한 반포대교에 대한민국 꿈이 달린다
우리 안에는
한이 흥 되어 춤으로 휘날리는 태극기가 있다
우리는 일어설 줄 아는 민족이다
우리 기적 안에는
한강 다리처럼 대한만국이 일어서고 있다

---

* 물꼬: 어떤 일의 시작을 비유적으로 이르는 말

독도

작은 섬 어깨 위에
펄럭이는 우리 혼
혼불로 가슴 속에 들숨 날숨 되어
독도에 꽂힌 대한민국 태극기
태고의 푸른 물결 새벽 열리면
종일 숨 가쁘게 살아가는 바닷물고기 날개 접을 때
달빛 푸르름에 독도는 잠들지 못해
바람과 손잡은 태극기
큰 혼으로 다가와 넘실대는 님이여

함께 손잡아 가네
함께 이루어 가네
함께 지켜나가세
보배로 키워 물려주네
독도에 펄럭이는 태극기,
우리의 심장

우리의 글

마음이 사는 노랗고 파랗고 붉은 색을 글로 펼쳤다
미끄러져 넘어지고 일어서는 이야기를 글로 만졌다
아이들이 자라는 마음을 그리니 글이 되었다
우리가 만나는 어제와 오늘이 글로 다듬어졌다

역사 거슬러 뿌리 깊게
우리들 한 명 한 명 돌보고 계시는 훈민정음의 아버지
우리를 돌아보게 하고
우리를 치장하게 하고
스물네 글자 서로 맞춰지는
못 쓸 말이 없구나
역사와 고통을 아시고
하늘 휘감아
대한민국 세우고 다시 일어나게 하는 큰 님,
조상의 시린 고통에
조화가 무궁한 우리 글 길이길이 세계로 자라나네

함께 나누는 우리 마음

일어서는 대한민국

꽃 피고 열매 맺는

우리 글 세계를 달리네

책마음 커뮤니티[*]

널브러진 삶 안에

이리 헤매고

저리 헤매고

내가 어디에 살고 있는 걸까

내 자리는 어디일까

이렇게 살아가도 되는 것일까

내 자리가 어디일까

찾고 찾아낸 새벽 한 자리

한 사람이 모이고

한 사람이 또 모이고

눈 비비는 새벽에

맘 깊은 곳에서 만나진 우리들

저 안에서

---

*   이 글은 2023년 1월 1일부터 새벽 5시마다 글방을 열어 주시는 '책마음 커뮤
    니티' 주관자 변은혜 작가님과 책마음 커뮤니티 회원님들을 위한 헌시입니다.

마음이 다닌 길 세 번째 이야기   97

내 영혼의 뿌리가 길러지는,
책마음 커뮤니티

함께 책을 읽고
함께 글을 써 보고
책 속에 모이면 우리가 되는,
글 속에 마음이 뭉쳐
우리가 되는,
우리가 되어 주는
책마음 커뮤니티
읽고 싶은 책
읽어야 하는 글들이
옹기종기 모여 새벽 신발이 되어지고
옹기종기 모여 새벽 별로 살아나고
처음의 어눌하고
시작의 작은 어설픔이 오늘로 뭉쳐졌네,
책마음 커뮤니티

빗장문 열어 보니
이곳이면 되겠다

빗장문에 기대어 보니
이곳이면 숨을 쉬겠다
이곳에서 자라자
이곳에서 손잡고
우리들의 작고 보슬한 숨들을 모아 나가자
손잡고 나가는 우리의 길,
책마음 커뮤니티

무엇을 못 할까
무엇을 못 이룰까
스스로 찾은 내 안의 소중함을 알아 가는
너 참 잘하는구나
너 참 멋있구나
오늘을 살자
오늘을 살아 내자
지금 함께 웃어 주자
우리 함께
책으로 글로 손잡고
우리로 나아가 보자,

책마음 커뮤니티

영혼의 손길

숨은 듯 살아 낸 소리
바람 불 때 내 곁 떠난 줄 알았어
천둥 칠 때 버려진 줄 알았어

초등학교 때
내 옆에 앉아 가만히 동요 불러 주고
형제에 치여
가족에 부대껴 울 때에도
내 목소리로 살아나게 내 곁에 있었어

몇 년 문 열고 나갔다가
다시 들어와도
괜찮다고 괜찮다고 용기 주는 너
세상 잣대로 다금질 치는 내 앞에서
귀 열어 주는 너

영혼 앞에 서 보네

날 찾아오는 소리

놓지 않을게

살면서 수없이 짓밟히고 버려져도

손 내밀고 잡아 주는 영혼

문인화 공모전

남들은 그림으로 시험 보는 중이다

나는 그려도 그려도 연습에 멈추어 버린다

낙관도장 찍어 두 장을 그려보지만

내 그림은 때 묻은 치맛자락이다

시험답안으로 낼 수 없는 그림이다

내가 그리던 매화를 그려도,

강물에 휘날리는 매화 줄기로 그려보지만

내 마음을 뛰어넘지 못했다

그려놓은 매화 두 점은 60점짜리도 안 되어 보였다

감독관이 십 분 남았다고 알림 종을 친다

온몸이 붓질이고 온 마음이 매화 줄기에 꽃잎을 달아준다

수백 번을 그려도 제자리 잡지 못한 매화 실력이다

매화한테 매를 맞고,

달빛에 서성이며 벌을 받았다

2023년 서울시 문인화공모전에서

매화 피는 길

어느 날 그림을 그리다 어려웠다

다시 그리고

다시 그려도

선생님은 내 그림이 마음에 안 드시나 보다

가만히 생각하니

그 그림은 내 그림이었다

자꾸 그렸다

또 그렸다

매화그림에

선생님 얼굴이 나타났다

난초에도 선생님

국화에도 선생님

대나무그림 옆에도 선생님이 보였다

선생님 매화 꽃망울은 나무에서 숨을 쉬고 있었다

향기를 나누고 있었다

선생님은 매화 마음을 드나들며 긴 시간에 부풀었다

매화 피는 길에 선생님이 지키고 계셨다

시간

언제나 먼저 와 있으면
지는 기분이 들어
아침 일찍 일어나
갓 퍼온 새벽과 악수하고 싶거든
달려온 시간 안에
나를 찾아봐
넌
우리가 만나는 묻고 대답하는 내 안의 친구
아무리 달리고 쫓아가도 도망가는 너
넋 놓고 멍 때리다 너를 쫓고
허공 속에 매달린 빈 마음 되어진 채
바람처럼 가버린 네 안에 후회와 만나지고
어느새 소곤대는 너
내가 너로부터 자유로운 건 언제가 될까

마음이 다닌 길 부록들

1. 마음이 다닌 길

길을 못 찾아
이리저리 헤매고
지나온 길 다시 가 보고
어설프게 다니던 길에
잡초 무성하다
눈감아도
눈을 떠도 보이는 마음의 길
길이 있으면 내가 있는
마음의 길
이 길에서 다시 나를 만나자

2022년 참솔 김춘자

2. 마음이 다닌 길

내가 온 길,
나이도 색깔도 소리도 없이
살아온 마음

살아온 길,
나이로
색깔로
모양으로
삶이 만들어지고

바람아 너도 나이가 없지
구름아 너도 나이가 없지
밤도 없고
낮도 없이
함께한 바람과 구름

마음은 바람이어도
마음은 구름이어도

보이지 않는 마음에
바람이 구름이 흐른다

내가 나닌 길에
발자국 하나둘
별들이 마음 찍은 하나둘

2023년 참솔 김춘자

3. 마음이 다닌 길

세상에 태어나 늦은 때가 있을까요
가만히 보니
아직 깨어나지 못한 내가 보였습니다
손잡고 함께 가고 싶었습니다
아이들 공부가 끝나고,
일하던 손을 멈추고,
나를 깨워 흔들어 보았습니다
되고 싶은 나를 만나야
이야기가 이어질 것 같았습니다

보고 싶은 나를 만나

깊어지고 싶었습니다

왠지 안돼 보여 함께 걸어보고 싶었습니다

왠지 안돼 보여 함께 여행이라도 떠나야 할 것 같았습니다

어제보다 조금만 더 손잡아 주면 고마워할 것 같았습니다

오늘도 친구가 필요할 것 같았습니다

아직 눈뜨지 못한 나에게 친절해지고 싶었습니다

2024년 참솔 김춘자

가을 생각

4시 햇살이 가을 깊숙이 들어와
벼도 토닥이고
담장에 늘어진 호박도 쓰다듬다가
철 지나 펄럭이는 옥수숫대와 살포시 이야기가 깊다
할머니가 좋아했던 풋콩에도
엄마가 심었던 가을배추도
햇살 안고 자란다
빨간 잠자리 햇살 업고 돌더니
내 머리 위에
가을 생각 한 조각 떨구어 놓고
수숫대로 옮기는 몸가짐
세월에 익는 가을 햇살
석류 알 익어가는 소곤대는 소리
빨간 열매로 목걸이 만들어 빙글빙글 돌고
밤알 굵어지는 소리에 다람쥐도 빙글빙글
가시 돋우며 속살 키워가는 밤 여무는 소리
대추알 굴리는 반짝거리는 햇살의 소리

지난밤 감나무에 걸려

다 따지 못한 달빛 줍는 내 꿈

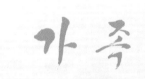

가족

만년필을 그리다

남편의 유품이었다

삶의 뚜껑 속

시작도 마지막도 모아둔

고동빛 쌤소나이트 가방 안에 가족이 있었다

하얀 종이에 몇 올 보관된 어머님 머리카락,

아이들 탯줄,

돌반지,

연애편지와 결혼반지

몽블랑 만년필 한 자루도 살고 있었다

아껴둔 은색의 날렵한 만년필

소중함은 찰나이나 영원함인가

가족이라는 침묵을 더듬었다

마음의 갈무리 안에

화장한 유골은 산새의 모이 되고

그는 창공의 푸른 하늘이었다

새 만년필 주인을 찾아보았다

큰딸, 작은딸, 아들,
생명을 바라보고 만나며
하루를 시작하는 한의사 큰사위에게 예물로 전했다
만년필에 마음이 살아나고,
손에 총기가 달려 건강하기를 주문했다
한 송이 꽃이 아닌
꽃밭의 이름 없는 수많은 꽃들로 함께 살아내기를 꿈꾸어
보았다

할머니 한 번, 어머니 한 번

할머니와 어머니 삶은 물레*였다

세탁기 오기 전,

다리미 만나기 전

그녀들에게는 다듬이질이 일상

톡탁톡탁 톡탁톡탁 톡탁

할머니와 어머니가 마주한 밤

다듬이질 소리

외며느리 사랑

얼음 강을 깨고 있나

매운 시집살이 후려치며

때려 보는 한숨 토하고 있나

잠 못 이기는 내가

꿈밭의 별들 술래잡기에서도 들려오던 다듬이 소리

그녀들이 내리치고 올려치던

---

* 물레: 목화솜으로 섬유를 자아 실을 만드는 재래식 가구

돌판 위 가족의 옷가지들

오금 저리도록 반들해지는 밤

뻐꾸기조차 고른 숨결이 되었다

마주 앉은 다듬이 공간

때 묻고 흐트러진 가족

씻어주며 안아내고 보듬던 다듬이질 소리

그녀들이 살다 간 흔적의 길,

풀 향의 맑음

반지의 초상

꼬맹이 셋이 부부커플 반지라며
꽃편지와 함께 선물로 주었다
왼손 약지에 끼워주었다
결혼 20주년이라고
그는 손가락이 굵어 18호,
나는 12호
살아온 세월 엮어보면 아이들 마음이 반지였다
셋이서 얼마나 조잘대며 준비했을까

폴짝이며 밤이 되어도 잠자지 않고 반짝여 주었다
저 돌도 파도에 휩쓸려 모난 세월
원석으로 뭉쳐졌을 거야
저 돌도 세월 업으며 부대낀 채 자랐을 거야
이듬해 그가 우리 곁을 떠날 때,
다시 왼손 약지에 반지를 살풋 넣었다
저세상에서도 우리와 살아가

사랑 아래

바다가 넘실거리고

우리가 알 수 없는 세계는 바쁘게 돌아갔다

모른다

슬픔은 키워지는지

슬픔은 식을 줄 모르는 사랑의 응고약인지

부모님

밭고랑에 씨앗 묻듯이

우리 칠 남매는 부모님의 자식으로 눈을 떴다

막걸리와 땀이 빈 지갑 채우고

풀물 묻은 아버지 고쟁이 무릎까지 젖어

이슬이 숨을 뱉어낼 때

칠 남매 자라는 소리는

누에 밥 먹는 소리였다

된장국 끓이는 향기 속에

우리 찾는 엄마의 메아리가 그리움이 될지 알지 못했다

소를 앞세운 아버지 지게에는 우리 목소리가 업혀 있었다

빨간 카네이션 빼꼼 날 봐요 하는 날

저승에서도 두 분 잘 계신다고

연기처럼 묻힌 안부에

하얀 카네이션 눈물 삼킨다

5월이 꽃처럼

풀처럼 자랄 때

가슴에 살고 계시는 두 분

부지런히 5월을 가꾸신다

빈 논에 모내기하고

새참 준비하는 엄마 바쁘기만 하다

엄마의 장미꽃

엄마마음 누가 알아

안동 김가들이 살던 서원을 등지고

살림살이 조금 펴졌다고 넓은 터에 집을 지었다

우리 집 마당에 펌프[*]가 생겼다

바람이 마실 오는,

달빛이 마당에서 닭과 소와 개를 지키다 산등성 넘으면,

밤마다 별이 익어 내 꿈을 달구는 유년에

펌프가 있는 샘가에 장미꽃이 피었다

봄이 자라는 샘가에 검붉은 장미꽃이 어우러졌다

외동딸로 자란 엄마

말벗 없는 엄마

대화 없는 엄마

엄마마음은 장미 필 때 부풀어 올랐다

---

* 펌프: 물을 길어 올리는 기구. 수도 시설이 없는 곳에 사람이 손잡이를 상하
로 되풀이하여 움직이면 그 압력으로 지하수에 박힌 물이 땅 위로 올라오는
물 푸는 기구

엄마는 꽃이 피면 벙글거렸다

튼튼한 뿌리가 내렸고

해마다 꽃 피기를 기다리는 엄마는

새벽물을 길으며

걸레를 빨며

정지간을 오가며

채소를 다듬으며

가보지 못한 시간에 그네를 탔다

어느 날처럼 아버지는 엄마에게 일방적인 싸움을 걸었다

아버지는 화가 나 소리 지르며

장미나무를 뿌리째 뽑아 버렸다

엄마는 말이 없어졌다

마음이 뭐라고

장미 한 송이도 되지 못하는 마음이 뭐라고

세월이 지나 엄마산소는 장미꽃이 피고 진다

새들도 여행의 집을 들락거리고

바람은 장미에 앉아 그네를 탄다

여행길

매미의 세상공부 외침이 우렁차나
벽을 타는 담쟁이에
더운 햇살이 부채 없이 허공을 오른다
마음 알아가는 공부가
세상넝쿨에 미끄러지는
색즉시공 공즉시색

촘촘한 시간을 만들어
아이들은 휴가를 떠났다
세월 속 아이들은 어른이 되었고
나는 더 큰 어른이 되었다

이리저리 기웃기웃하다 버스를 타고
아버지 뵈러 가는 길
아버지 여행길에 짧은 해 넘어가고 어둠이 몰려온다
누구는 여명의 여행길
누구는 일몰의 여행길

아버지 눈감아지는 시간에

따스한 기억들로 다리 건너시라는 생각 한 줌 지피며,

우린 서로 다른 나그네

새벽

이른 새벽
두레박으로 물 길어 세수하고
다시 한 두레박 퍼 올린
정수 한 사발
넓은 장독가 중간 젤 높은 항아리에 얹어
새벽을 맞이하는 어머니의 뒷모습,
소변길에 훔쳐보았네
감나무 사이 싸늘한 바람 어머니 볼 스치고
참새들의 새벽
달빛과 별빛에 손 모으는 어머니

이슬 내린 어스름 새벽녘 온 집안은 잠이 깊고
아침 준비하는 하얀 연기 굴뚝에 퍼질 때
아버지 헛기침 소리에 눈 비비며 일어나는 아침 시간

새벽 한 장이 두 장 되고 세 장이 되고
새날을 품어 돌계단 걷듯이 살아온 이여
사는 일을 낚아채어 동화책같이 펼쳐지는 옛날이야기

장 보는 날

오랜만에 주말 오후
남편과 장을 보면
못 사던 고기, 새우, 꽃게도 산다
이날은 내 지갑을 닫아도 되는 날
혼자서 무얼 더 살까
들뜬 마음 가라앉혀도 머리는 바쁘다
무슨 말을 해도 왠지 조용하다
휙 돌아보니 그는 카트를 세우고 내가 뒤돌아볼 때까지
저 멀리 서서 웃고 있다

"에이 뭐야, 왜 그래?"
"넌 내가 그리 좋아?"

글쎄다
한 번도
좋아한다는 말 해본 적이 없네
글쎄다

한 번도
사랑한다는 말 해본 적이 없네

내가 세상 올 적에
그대가 내 곁에 있었을까
그대가 세상 올 적에
내가 그대 곁에 있었을까

채연이

며칠째 앓는 하루하루가 무척 힘들지
옛말에 '아프면서 자란다' 하더라
마음 같아선 아프지 않고 자라면 더 좋은데
우리는 살면서 아파야 자라나 보다
나무도 보면
제 무게보다 눈보라가 휘몰아칠 때
자기 모양 가지고 가나 봐
꽃들도 자기 무게보다 무거울 때
향기까지 가지나 봐
열이 채연이 몸속으로 들어가
채연이 어디를 키워 낼까
채연이가 배 아파할 때
채연이 어디가 자랄까
통통통 자라나는 우리 애기
그래도 아프지 말고 자랐으면 좋겠다
채연이 몸이 아플 때,
마음속에 살아가는

공주들아,

신비의 요술쟁이들아,

동물들아,

춤들아

채연이 도와줘,

함께 있어 줘

구름꽃

평생 바라보던 구름은 나의 동경이었다

속상하면 바라보고

억울하면 바라보고

눈물 나서

하늘 쳐다보면

구름은 이곳으로 저곳으로 데려다주었다

구름나라를 마음껏 달리다 세상역에 내리면

어쯸한 마음으로 살아가야 했다

나비로 걷다

죽지 없는 새로 걸어보다

다시 하늘에 눈짓 보내면

나를 태우고 가던 구름이었다

어디메 내려놓으면 정신 차리고 다시 앞을 내다보았다

엄마라고 불렀던 이름은

옛 4월 배꽃이 피던 날 떠나시고

구름꽃들 속에 어느 것이 엄마인가 찾아보았다

아버지라고 불렀던 이름도

4월 벚꽃이 가슴까지 찾아와 우리를 데울 때,

93세의 한 봉지 재로 우리 앞에 계셨다

평생 일만 하셔 지문이 없어진 걸 하늘은 알겠지

내가 찾아가던 아버지 계신 집이 이제는 구름길이 되겠네

하늘에는 구름꽃들이

모였다가 흩어졌다

또 모였다가 흩어졌다

뿌리 없는 구름 쫓던 유년도,

아버지가 길 떠난 오늘도

구름꽃들 속에 어느 것이 아버지인가 더듬어 보았다

마음이 담겨

꽃이거나 눈물이다가 못다 한 이야기,

알 수 없는 인생이나

뿌리 없는 구름이나

오늘처럼 구름꽃은 하늘에서 세상모르게 놀고 있지만

내일은 비가 내릴지도 모르겠다

내가 찾아가던 아버지 계신 집이
이제는 구름길이 되었네

참을 김춘자

함께 가는 길

저 먼 곳 별이
우리 부부에게 와 유나별로 자랐듯이
저 먼 곳 별이
에반도 부모님의 별로 자라났을 것이다
네가 태어나고
우리 부부의 수고로움과
정성 가득한 시간은 삶의 깊은 길로 만들어졌다
에반도 그러하였을 것이다
유나가 365일 돌봄과 기쁨 안에서 살아왔듯이
에반도 그렇게 살아왔을 것이다
태어남의 인연으로
부모가 된 것은 고생과 헌신이었으나
그게 살아온 축복의 삶이고 선물이 되었다

공기가 우리 곁에 늘 있듯이
하늘을 쳐다보면 늘 하늘이 있듯이
두 사람 만남의 눈뜸은

함께 출발하는 길의 시작이 된다

함께 걷다 보면 길이 난다

이제 두 사람

언약의 마음으로 맺어졌으니

손잡고 걸어가면 두 사람이 걸어가는 길이 하나의 길이 된다

오늘도 걸어가고

내일도 걸어가고

세상 끝날 때까지

함께 손잡고 걸어가면

길이 길로 이어진다

마주 보고 아침을 맞이하면

마음도 닮아가고

깨달아지는 길이 된다

둘이서 걸을 수 있는 길은

선물의 삶이다

둘이서 걸을 수 있는 길은

축복의 길이다

손잡고 가는 길

세상 끝날 때까지

함께 걸어가거라

그러면 길이 된다

결혼을 축하하며
엄마 김춘자
아빠마음 김진환

은행 한 알

굽이굽이 세월이지
또 한 번 이사준비로 짐을 줄인다
남편이 가지고 다닌 학교 가방,
지퍼 여니
종이 냄새에 쌓인 추억이 많이 늙었다
이규태 논설을 신문에서 오려두고,
한문 간지, 한 학기 준비한 강의계획안

이제는 없애야 한다…

한 번 더 훑어보니 가방 안 작은 지퍼 안에
그가 만지작거리다가 두고 간

은행 한 알

손때 묻은 삼각형 은행알이 닳고 닳았다
추억이 닳아 얇아졌다

흔들어 보니

달그락 소리를 낸다

무슨 행운을 빌고 살다 갔을까

무슨 꿈을 여기에 실어 놨을까

"이리 와 봐"

나에게 와 오래도록 함께 있을는지 모르겠다

세월 지난 꿈이 쉬고 있었구나

새 주인을 기다리고 있었구나

어쩌다 만져봐도 오늘처럼 인사가 되겠다

우리

당신은 남자,
나는 여자
우리 둘 만나기 전 태극(太極)이 무극(無極)이지
우리 둘의 만남도 그렇게 출발되었어
아이가 태어나고,
어른이 되고,
강물이 흐르는 곳 줄기 나듯
살아온 길 우리가 되었어

오늘 우리 울고 웃어도
살아온 날은 빈손,
살아온 날은 빈 마음,
아니지
오늘 밥 먹고 일하고 잠자며
우리가 나눈 마음
죽고 못 살 것 같은 이야기와
씰룩거리며 다투던 시간

우리로 자라지 않았을까

겉마음 나무 껍질 되어 툭툭 갈라져도
우리 소중한 거 남겨지겠지
우리 두 사람 오랜 시간의 노을빛,
우리가 살았고
우리 아이들이 살아 낼 세상,
감사와 헌신 속에 살아가는 우리
우리는 우리로 이어지겠지

추억

고향 햇살

햇살 내려 꽃잔치 펼쳐지는 봄날,
새끼 발돋움하는 앞산 진달래
'사람은 한번 가면 다시 못 온다'고
눈물 훔친 할머니,
할머니 치맛자락 잡고 쳐다보니
진달래꽃 퍼온 할머니 슬픈 눈언저리
그 치맛자락 지금도 손끝에 머무는데
꽃 만발한 날
꽃상여보다 고운 영접 속에 길 떠나셨다

봄은 나이도 잊었는지
해마다 고향 햇살 한입 물고 와 봄나들이 보챈다
작은 나비 날개 대롱에는 수많은 봄들이 몸을 풀어낸다
두근거리는 가슴 잠시 내려놓고
앞산 진달래 펼쳐진 봄 위에
할머니 없는 붉은 꽃만 환하다

그해 겨울

그해 겨울 크리스마스라고
친구들 주머니에도 장갑 속에도 과자 같은 꿈들이 뽀글
깔깔거리던 놀이터 그네에 맡기고
이른 저녁 눈 감고,
궁금해지는 산타 할아버지
구름 타고 오시겠지
뒷산 소나무 달빛 타고 오시겠지
별들이 담아 둔 망태기에 내 선물은 무엇일까
알 수 없는 희망을 누르고 눈감는 밤

이른 새벽,
몸과 마음에 전깃불 켜지며 천사처럼 날개를 달았는데
……?
윗목에는 아무것도 없었다
아무도 다녀가지 않았다

큰손녀 세 살 때

고깔모자 안경 낀 하얀 수염이 듬뿍한 산타,

선물 꾸러미 들고 서 있는 산타

목소리 변신한 외손녀의 작은아빠였다

4학년까지 손녀와

산타 할아버지 이야기 날개 달면

나 찾지 않은 산타 할아버지

가만가만 들여다본다

어린 눈사람

어릴 적 대문 앞에는
동네 아이들이 눈을 뭉쳤다
장갑 없이 잘 뛰었다
문종이도 재영이도 장갑이 없었다
숯댕이 가져와 눈코 붙이고
어린 손들이
눈을 먹기도 하고,
먹여 주기도 했다
던지며
뒹구는 사이
눈사람이 태어났다
우리도 눈사람이었다
그날 우리가 쑤욱 자라는 걸 낮달이 굽어 보고 있었다

우리가 만든 눈사람은
햇살이 내려와
며칠을 뒹굴다 떠나갔다

눈 내리면 동네 아이들이

꿈을 뭉쳤고

오래된 밤나무 가지에 우리들 함성이 우우거렸다

함박눈 내리면

뜀박질하는 동네 아이들

추억이 마중 나온다

메뚜기

강아지풀 억새 엉겅퀴 쑥부쟁이 달맞이꽃

개쑥 떡쑥 달개비 꽃

여름 냇가 풀들이 시냇물 소리에 귀 세우고

풀 소리 키운다

우주에 이름 새겨진 메뚜기가 바쁜 시간이다

풀밭에 간판 거는 메뚜기 떼,

동서남북 잔칫집이다

억새 풀에 숨어

포개진 두 마리,

숨죽이고 있을 때

잠자리 빙빙 돌아 원을 그리고

높이 걸친 구름 한가롭다

바람 속에 사색 키우는 메뚜기,

장난기 많은 메뚜기 숨바꼭질이 둥글다

몸짓 키우느라 먹잇감 찾아 자리 옮기는 메뚜기,

늦게 태어난 어린 메뚜기 키우는 부모 메뚜기,

투닥투닥 날갯죽지 펴고 있다

이 중 무엇부터 잡을까

내 손에 잡혀 꼬물거리는 메뚜기 숨소리

팔딱팔딱,

꼬물꼬물

버둥거리는 날갯짓

놓아줄까 날려 보낼까

강아지풀 뽑아내어 풀 대공에 꿨다

한 줄 두 줄 세 줄

왼손에 들려진 묵직한 메뚜기

동창생

국민학교 4학년 4반 혼합반
운동장에서 고무줄놀이 방해한 머리 큰 아이
고무줄 끊고 달려가던 친구
몇 년 후 그는 여고 앞을 서성거렸다

30년 만에 만난 동창회는
씩씩한 놀이터 된 잔칫집
선생님 없지만
책상 위를 디디고 소리 지르던 영락없는 4학년 4반
옛 그대로를 펼치고 웃는 모습에
삶의 주름은 주머니 속에서 들락거렸다

배가 불룩한 친구 그 아이는
40년 넘어 영안실에서 만났다
우리가 즐기던
공기놀이도 고무줄놀이도
심한 폭풍우로 쏟아져 내렸다

몇 년이 지난 가을날
그 친구 아들은 결혼을 하였다

어린 봄 속에 만난 우리들
새싹이 자라 가을이 왔다
먼저 떨어진 낙엽도 있고
때 되면 우리들 이야기도 낙엽 쌓이는 가을날이 된다
새 떼가 날아가는 것처럼
우리도 한때 새처럼 조잘거렸다

마을 앞 냇가

앞집을 지나
뙤약볕과 손잡고 옆집을 줄달음치면
마을 앞 냇가

물속에 첨벙
뭉게구름 달려오고
재영이도 첨벙, 문종이도 첨벙
두 손 벌려 물장구치면
소리 지르며 달리고 달리는 냇가에
여름이 익어간다

발밑 간질이는 피라미
일렁이는 물결에 잡지 못해도
꺄륵이며 자라는 함성
아이들이 장난소리 냇물은 웃음 싣고 흐르고
돌들은 더위 먹고
벗어 놓은 옷 위에 잠자리 살풋

물놀이 지치면 고운 모래에 뜸부기 모래성 지어
네 집으로 내 집으로 작은 손이 모자랐던 햇살의 강가

마르지 않은 머리 엉킨 채 집을 향하는데
허기진 배에 길가 옥수수가 말을 걸어오네
날 부르는 엄마 소리
추억에 별이 내린다

마음

달의 마음

추석 한가위,
두 손은 한마음 달이 되었다
달이 떴다
우리의 소원을 달빛으로 전했다
말하지 않은 사람들의 기도가 말하는 것보다 많아
달은
한 올 한 올 축복의 단어로 우리를 쓰다듬는다

잠든 아기 이마에 달의 마음 설레고
날개 접은 새에게도,
돌의 어깨도 어루만진다
바람과 구름이 응원하고
구석진 마을까지 달빛이 내리고
하늘에는 보름달
우리 마음 안고
둥실둥실 떠 간다
단단하지 못한 기도

달 따라가면
달도 따라온다
둥글지 못한 마음 품고 살까 봐
환하지 못한 마음 담고 살까 봐

둥글게 환하게
보여 주고 펼쳐 준다
구름이 달을 가려도
소나무가 달을 가려도
빌딩 숲이 달을 가려도
사방 환하게 뿌려 주는 달빛
달이 떴다
우리의 소원
보름달 둥근 달이 우리 마음 싣고 떠 간다

여행길

추억 속 20대는 말괄량이,
현실과 몽상을 꿈속 가방에 구겨 넣었다
어떤 남성을 만나나
이 사람
저 사람
이쪽도
저쪽도 아닌
한숨과 그리움에
큐피드 화살 속에 손잡은 그대

파란 줄과 노란 줄,
붉은 줄과 푸른 줄,
끊을 수 없이 옭아 매어진 매듭
하루가 태어나고
하루가 무너지는 시간에
살아온 사계절
꼬부라진 모퉁이의 그림자 닮은 모습

여정의 고갯길에

짐 내리고

여행길 무겁지 않게

손 내밀어 본다

편안하게 신발 끈 묶고

여행가는 날

꿈꾸어도 되는 날

외길로 걸어가는 바람의 마중

견우와 직녀

만나지 못한 사랑
그리운 마음
잊지 못하는 마음 녹아진 별빛
365일
그대 향한 켜켜운 마음
십 년, 백 년, 천 년 보태어진
별의 이슬빛 견우와 직녀

이쪽에서 저쪽에서
칠월 칠석이면
은하로 수놓아지는 다리

지구별 인간 세계에 보여 주는 사랑의 천상 징검다리
하루 만난 사랑에
커진 이별
한 번 맺어진
사랑의 견우와 직녀

만나지 못해 담겨진 사랑

다시 사랑하라고
더 많이 사랑하라고
더 아껴 주라고
칠월 칠석마다
우리에게 별빛 되어 다가오는 사랑
견우와 직녀

다가가는 날

안다는 게
모른다는 게
세월 밥 먹어도
모름의 잣대
어디로 데리고 가는지
모름의 잣대

내가 만난 십 대의
아름드리 큰 나무와
구름,
따라가고 싶은 바람의 유혹,
사는 동안 여기까지 왔다
다시 걸어보며
일어서 보는 들락이는 마음

나는 무엇이고
어떻게 살아가는지

다가가도

알 수 없는 삶의 물음

내 앞의 시간에

붓을 든다

자연의 스승 앞에 모자람 보이는

학생임을 고백해 본다

작은 풀들과 꽃들과 나무들과 책상을 나란히 하였다

일에 대하여

삶은 일을 찾아가는 길이다
나를 들여다보면서
'괜찮니?'
하고 웃어본다

아, 나이란 게
빈손 비벼지는 일
그래도 일상을 들여다보며 그리움을 풀어낸다
'나이가 무슨 상관이라고'
시퍼런 생각이 내 안에서 말 걸어오면
손잡아 준다
그 바램은 나를 조금 안아준다

많은 분들께 배워온 마음을
알지 못하는 누군가에게 풀꽃의 향기로 전해주고 싶었다
삶은
나에 대해 손잡아 주는 길

또 한 번 일어서는 일은 내 마음을 들여다보는 길

두레박을 내리고

두레박을 올리는 연습

나이는

세상에 온 의미를 깨닫는 신비의 계단이다

일은 빈손 비비며 생각을 찾아가는 길이다

그건 허공이어도

그래도 다가가고

나에게 '괜찮지' 하고 물어도 되는 질문

신비의 깨달음과

이웃을 알아가는 길이다

가는 길, 오는 길

용인 에버랜드 주변 향수산 중턱에 천년 고찰 백련사

숲속 안개 마중이다

산 속속 가는 길이 안개 기도

나를 모르고 살아온 마음 길

신라에 태어나 지금껏 살아가시는 석가모니 부처님

세세생생 계시리라

대웅전에 불 밝히고

'부처님 저 왔어요

현인성 왔어요'

불보살의 이름이랄 것도 없이 부끄럼 한 모금 뱉어진다

저 한없는 미소가 대중의 마음을 보살피는구나

산 깊어 부처님 머무름이 깊은가

가져온 마음 들여다보시는 부처님

길가 쌓여진 돌마저 천 년 넘은 전설이 되어가는 침묵이다만

참새 몸짓으로 날아가는 곳을 묻는다

나뭇잎 비 맞는 소리도

단풍 드는 사이 부처님 마음 닮아지겠다

오고 가는 마음 부처님께 바쳐도 떨어지지 않는 참회

구불구불 닫힌 산속이 깊어

소중한 것은 마음에 사는가

산길 오가다 세월없는 마음 만나

합장하는 날, 마음을 다녔다

시 쓰기

마음을 쓴다
똑똑
그림 그리고
나비로 날아
너에게 간다

마음을 담는다
똑똑
풀숲을 그리고
잠자리 되어
바람에게 길을 묻는다

일상

일상이 태어남이다

일상이 깨어남이다

삶이라는

오늘 펼쳐진 시간의 페이지에

세수하듯이

이 닦듯이

내려놓고 일어서는 하루 안에

새롭게 그리는 그림,

한 빛깔의 색이

렌즈 위에 태워지는

영혼 깊게 새겨진

위대함이다

나다움

때 되면 꽃 핀다
나타내려고 애쓰지 마라
살아가면 꽃이 피는 것이다
내 길이 아닌 것 같다고 속상해하지 마라
내 길이 되려고 걸어온 길이다
모란이 바람에 일렁이고
소나무가 우직하게 서고

때되면꽃이핀다나려고앴

짐인가면꽃이피는것이다

내길이아니것가튼다고상해

자믿내길이돌려오늘이달

람따라움에일렁이곳나무는우직

하이침에새소리풀들이고

참솔 김종자의나눔

참솔 김종자

옛 성현도 나를 알아보지 못하고

나도 그분들 뵙지 못하네

성현들 못 뵈어도 그분들 가신 길이 앞에 있네

(퇴계 이황의 「도산12곡」 중 9곡)

옛 성현도 나를 알아보지 못하고 나도 그분들 뵙지 못하네 성현들 못 보아도 그분들 가신 길이 앞에 있네 이황의 글 창숙 김훈자

마음이 다닌 길 세 번째 이야기

초판 1쇄 발행 2024. 7. 15.
    2쇄 발행 2024. 12. 13.

지은이 김춘자
펴낸이 김병호
펴낸곳 주식회사 바른북스

편집진행 김재영
디자인 양헌경

등록 2019년 4월 3일 제2019-000040호
주소 서울시 성동구 연무장5길 9-16, 301호 (성수동2가, 블루스톤타워)
대표전화 070-7857-9719 | **경영지원** 02-3409-9719 | **팩스** 070-7610-9820

•바른북스는 여러분의 다양한 아이디어와 원고 투고를 설레는 마음으로 기다리고 있습니다.

이메일 barunbooks21@naver.com | **원고투고** barunbooks21@naver.com
홈페이지 www.barunbooks.com | **공식 블로그** blog.naver.com/barunbooks7
공식 포스트 post.naver.com/barunbooks7 | **페이스북** facebook.com/barunbooks7

ⓒ 김춘자, 2024
ISBN 979-11-7263-045-4 03810